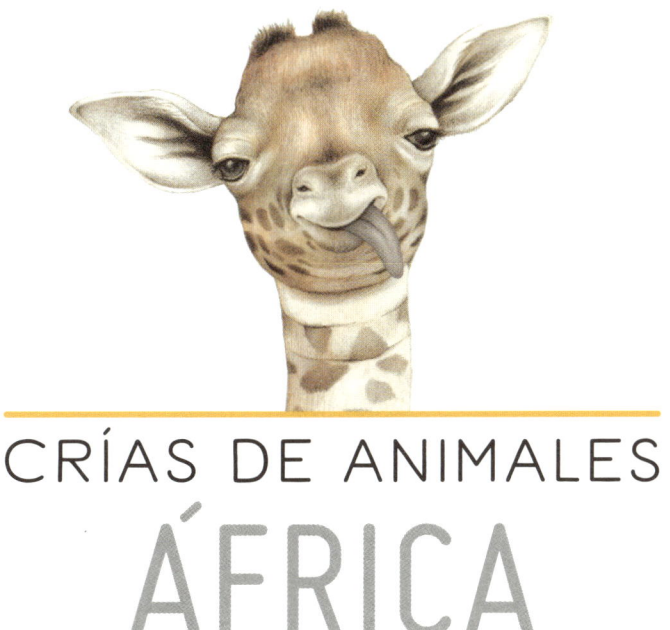

CRÍAS DE ANIMALES
ÁFRICA

© del texto: Tándem Seceda, 2021
(Chema Heras, Isabel Pelayo, Pilar Martínez y Xulio Gutiérrez)

© de las ilustraciones: Ester García, 2021

© de esta edición: Kalandraka Editora, 2021

Rúa de Pastor Díaz, n.º 1, 4.º B · 36001 Pontevedra
Tel.: 986 860 276
editora@kalandraka.com
www.kalandraka.com

Faktoría K de libros es un sello editorial de Kalandraka

Impreso en Gráficas Anduriña, Poio
Primera edición: junio, 2021
ISBN: 978-84-16721-87-0
DL: PO 112-2021
Reservados todos los derechos

TÁNDEM SECEDA   ESTER GARCÍA

CRÍAS DE ANIMALES
ÁFRICA

¿Quién soy?

FAKTORÍA K DE LIBROS

Me llaman el rey de la selva, pero vivo en la sabana.

Paso casi todo el día durmiendo

a la sombra de un árbol.

Mi padre tiene una melena preciosa.

Soy el león.

Vivo en una gran familia

con muchas leonas y sus cachorros.

Las leonas salen de caza para conseguir comida.

También juegan mucho con nosotros

y así aprendemos a pelear y a cazar.

¿Sabes cómo nos protege mi padre?

[Con su rugido. Es tan fuerte que da mucho miedo y se oye desde muy lejos]

Tengo la lengua negra y dos cuernos muy peludos.

Al nacer, caigo al suelo desde muy alto

porque mi madre está de pie al parir.

Con el golpe, me espabilo y empiezo a respirar.

¿Quién soy?

Soy la jirafa.

Somos los animales más altos del mundo,

por eso podemos comer hojas de las copas de los árboles.

Tenemos la lengua muy larga y flexible.

La usamos para arrancar las hojas y también

para limpiarnos las orejas y hurgarnos la nariz.

¿Sabes en qué postura nos ponemos para beber?

[Abrimos mucho las patas y doblamos el cuello para poder llegar al agua]

Vivo en lo más profundo de la selva
y me paso el día haciendo travesuras.
Cuando tengo miedo,
me pongo de pie, me doy golpes en el pecho y digo «¡uh, uh, uh!».

¿Quién soy?

Soy el gorila.

Somos los simios más grandes y poderosos.

Nos alimentamos de plantas y frutas.

A veces comemos termitas con un palito, como si fueran golosinas.

Cada noche hacemos un nido con hojas para dormir cómodos.

¿Sabes a qué gorilas se les llama «espalda plateada»?

[A los más viejos, porque tienen canas en la espalda]

Al nacer, soy tan alto como un niño de cinco años.

Corro mucho, nado bien

y me encanta revolcarme en el barro.

Cuando hace calor, me abanico con las orejas.

¿Quién soy?

Soy el elefante africano.

Recorremos la sabana en busca de plantas y agua.

A veces andamos cientos de kilómetros.

La jefa del grupo nos guía

a lugares que guarda en su memoria

desde hace muchos años.

¿Sabes para qué usamos la trompa?

[Para oler y respirar. También para agarrar cosas y ducharnos]

Aunque parezco un buenazo,

tengo muy mal genio.

Me gusta flotar en el agua y bucear.

Puedo aguantar sin respirar hasta cinco minutos.

Soy el hipopótamo común.

Habitamos en ríos y lagos.

Somos muy fuertes y peligrosos.

¡Hasta los cocodrilos nos tienen miedo!

Pasamos el día en el agua para no quemarnos con el sol

y salimos de noche a pastar.

¿Sabes dónde nacemos?

[Nacemos dentro del agua y subimos enseguida a la superficie para respirar]

Soy ave, pero tengo las alas muy pequeñas

y no puedo volar.

Nací de un huevo que mi padre incubaba de noche

y mi madre de día.

¿Quién soy?

Soy el avestruz.

Somos grandes y valientes.
Corremos tanto como un caballo de carreras
y nos defendemos dando tremendas patadas.
Comemos hierba, flores y frutos,
también insectos, ratones y lagartos.

¿Sabes cómo es el huevo de avestruz?

[Es enorme. Dentro caben 24 huevos de gallina]

Parezco un caballo, pero no me dejo domesticar.

Nada más nacer, me pongo de pie,

y una hora después

ya camino detrás de mi mamá.

¿Quién soy?

Soy la cebra.

Viajamos en rebaños de miles de cebras.

Las pequeñas caminamos protegidas por las mayores.

Tenemos muy buen oído.

Movemos cada oreja por separado y en distintas direcciones,

así estamos alerta ante cualquier peligro.

¿Sabes por qué tenemos rayas?

[Para confundir a los leones y a otros depredadores]

Los siete animales que has descubierto en este libro viven en África.

África es un enorme continente con algunos de los lugares salvajes
más impresionantes del planeta.

Los hipopótamos que se refrescan en las aguas de sus ríos,
los gorilas que juegan en sus selvas,
las jirafas que recorren su sabana
y otros muchos animales están en peligro de extinción.
Tenemos que protegerlos y colaborar para que no desaparezcan.